냉이꽃 집합

냉이꽃 집합

초판 1쇄인쇄 2021년 5월 25일
초판 1쇄발행 2021년 5월 27일

저   자 안수환
발행인 박지연
발행처 도서출판 도화
등   록 2013년 11월 19일 제2013 - 000124호
주   소 서울시 송파구 중대로34길 9 - 3
전   화 02) 3012 - 1030
팩   스 02) 3012 - 1031
전자우편 dohwa1030@daum.net
인   쇄 (주)현문

ISBN ㅣ 979 - 11 - 90526 - 36 - 4 *03810
정가 10,000원

도화道化, fool는
고정적인 질서에 대한 익살맞은 비판자,
고정화된 사고의 틀을 해체한다는 뜻입니다.

냉이꽃 집합

안수환 시집

도화

自序

딱새가 우리집 아파트 창문에 와서 울고 있다.

50년을 써온 시인데, 저 딱새소리만도 못한 것 같다.

내 마음이 정결치 못한 탓이리라.

건강한 이상,

욕망을 줄여가다가 보면 조금은 딱새소리에 근접하
리라.

2021년 5월 봄
안 수 환

차 례

自序

제1부_이와 같은 班列

제1부
이와 같은 班列

봄까치꽃

길바닥에 돋아난
손톱만한 꽃

개불알처럼 생긴
연보라 개불알꽃

부르기가 좀 그러하니
누구는 널 두고 봄까치꽃이라고 했다

그래도 너와 내가 눈 마주쳤으니
오늘은
숨 돌리고 세상 한 바퀴 돌아다녀보자

색은 노랑 분홍 연보라로 흘러간다
가만가만,
슬픔은 그렇게 흘러간다
이 세상에 무슨 이치가 또 있겠느냐

구둣방 노인도 눈물을 삼키며 그렇게 구두를 꿰매
고 있단다

運命

장성에 사는 사람들은 장성을 떠나지 않았다

좁은 골목길 옷가게 마네킹처럼 서서

당신의 나뭇가지

내 몸에는 털이 없다
맨살을 덮어줄 遮日이 없다
사랑은 맨살에 붙어 있을 뿐
그러면,

내 몸에 붙어 있는 이 살점은,
사랑은 까마귀처럼 왔다
죽은 살코기를 쪼아 먹는 까마귀처럼 날아왔다

난 숲으로 가지 않았다
서어나무 한 그루면 충분했다
날 숨기기엔 서어나무 한 그루면 충분했다

한 마디로 말해 난 遮日이 싫었던 것이다

당신의 나뭇가지 아래 숨은 뒤부터,

꿈에

꿈에,
여행을 떠나 법성포 굴비가게인지 담양 竹夫人가
게인지
그런 골목길을 걷다가
당신에게 전화를 걸려고 휴대폰을 찾았다

그런데,
당신의 전화번호가 하얗게 녹아내렸다

눈을 뜨고 보니

꿀병은 어디 갔는지
맹자는 어디 갔는지
내 동공은 어디 갔는지 모두들 하얗게 녹아내렸다

오늘부터는 無의 접근과도 같은
그런 감정 하나만 남겨둘까 한다

나비 애벌레의 발가락과도 같은

그런 동작 하나만 남겨둘까 한다

나뭇잎을 보고

예수는 무신론자였다

하나님을 아버지여 라고 불러댄 예수는 무신론자
였다

하찮은 난,
나뭇잎을 보고 아버지여 라고 부르고 싶다

나뭇잎을 나뭇잎으로 남겨주신 당신

난,
天穹에 박힌 북극성을 보았다
마늘밭 마늘을 캐다가 딸려 나온 굼벵이를 보았다

난,
내 볼때기를 때리고 지나가는
선들바람을 보았다

난,
하루에도 열두 번
당신의 눈동자와 마주쳤지만

하찮은 난,
캄캄한 빈방 寂寥를 쳐다보고 아버지여 라고 부르
고 싶다

너무도 보고 싶은 당신,

내 눈동자 近洞

내 눈에 들어온 傾角 구름
傾角으로하여 나는 더 건강해졌나니
더욱 더 열렬해졌나니

묻지 말아라
붉은 물속에서 빠져나왔다
진분홍 투구게처럼,

나는 불속에서 잠들 수 있으리
당신의 간섭을 뿌리치고 잠들 수 있으리

달밤에게도 묻지 말아라
나는 겨우 내 결점을 알게 되었다
여러 번 당신에게 길을 묻던 悖惡들,

지금은 동서남북이 사라졌으니
아 傾角 구름아

내 눈동자 近洞,

바람을 쳐다보며*

알았어요

바람을 쳐다보니 다 본 것이네요

저기,

산을 만지고 지나가는 바람을 보세요

참나무가 흔들리고 있네요

바람은 사라지고 참나무가 흔들리고 있네요

세상에는 아무도 없는 줄 알았더니

단 한 분 바람 한 분 계셨네요

자기는 죽고 딴 분을 살려주는 바람이 계셨네요

당신은 누구세요,

*산 위에 바람이 불고 있는 모습을 보고, 『주역』은 풍산점
괘風山漸卦 ䷴라고 했다.
'점漸'은 '차츰' 점자이다. 물수변에 베어버릴 참(斬)을 보
탠 글자이다. 무엇을 베어버릴 때는, 물방울로 베어버린다
는 것. '차츰' 점의 뜻이 그렇다는 말이다.
세상에는 단번에 되는 일은 없다. 모든 생명은 그렇게 잉
태된 다음, 그렇게 살다가 또 그렇게 죽어간다. 그것이 자
연이다.

서울

나는 아무것도 본 것이 없다

밥을 먹고 난 다음 밥을 먹은 것 같지도 않았다

수많은

서울,

내가 서울을 떠난 이유는

저쪽으로 저쪽으로 달아나는 서울 때문이다

난 서울을 붙잡지 않았다

아득한

서울,

이와 같은 班列

장성 白羊寺에 가면

朝堂 성종 때인지 숙종 때인지 그때 심어 논 갈참
나무 한 그루가 쓰러져 연못가에 누워 있다
  자신의 하복부 膀胱을 몽땅 드러낸 채 누워 있다

내 손톱 사이,

이와 같은 班列

곰소 無下里 길을 걸으며

난 내 몸에 머무를 수가 없었다

곰소 無下里 마늘밭에 떨어진 신들이 가볍게 춤을
추었다

가만히 보니 나를 계면쩍게 바라보는 뽕나무밭 뽕
잎들

벌써 몇 번은 죽었을법한 얼굴이다

저희들끼리 굳게 결합한 뽕나무밭 뽕잎들

아흐 곰소 無下里 마늘밭에 떨어진 신들이다

내 몸에 눈을 맞춘 피붙이들이여

아흐 謫所의 밭고랑이여

난 내 몸에 머무를 수가 없었다

낭낭*

가위와 칼을 분간하지 못한다고
낭낭을 바보라고 놀려서는 안된다

우선 고마운 것은
그는 우리를 볼 때마다
환한 얼굴로 방끗 웃는다

빨간 철쭉처럼,

부퍼강변 졸링겐에 가서
졸링겐 과도를 사다가
낭낭이 콧잔등 앞에 놓아두었다

낭낭이는 그래도 눈 깜박거리지 않았다

하나님을 닮은 낭낭,

*우리집 식탁 위에 놓아둔 물개인형

鐘路

이스라엘의 가자지구처럼,
聖俗이 붐비는 내 얼굴

그렇게,
내 얼굴을 분탕질해놓았기에

꿈에,

난 쇠뭉치 스패너를 들고 종로로 종로로 내달으며
뜀박질했던 거다

*스패너spanner : 너트nut를 죄거나 늦출 때 쓰는 기구

餘暇

새들은 밑바닥을 모르는지 지붕 위로 날아올랐다

참새들은 내 눈치를 보려고 하지 않았다

짤래짤래

몇몇 애꾸눈이 새들만 고개를 짤래짤래 흔들며 圓
覺의 자세를 취한다

목공

묵자가 말문을 열었다

나무토막이 먼저 알아들었을 것이다

그는 목공이었으니
마차바퀴를 깎는 데는 도사였으니
바퀴가 바퀴의 법을 알아듣도록 바퀴에게 말을 걸었을 것이다

말을 알아들은 다음
바퀴는,

땅콩을 끌고 갔고
귀신을 끌고 갔고
천하를 끌고 갔다

묵자여

다른 일 또 없으니
달리 말할 일도 없으니
저 바퀴살 귀머거리 입술에나 코를 대보아라

近似値

하나님이 잡숫는 밥은 늘 내가 먹는 밥이었다

절제

극은

간격이 있고난 뒤

극인 것

2막 3장의
3막 4장의

간격인 것

한강 행주나루 공원에 가면

뱃살비만측정기구가 있다

기둥과 기둥 사이는

| 18cm | 20cm | 23cm | 25cm | 27cm | 29cm |

이만한 간격

내 몸을 넣었다가 빼내는

이만한 절제,

황홀

어디서 꾀꼬리 한 마리가 날아와 느티나무 속으로
파고들었다

세상일이란 이렇게 급작스럽다

내 곁에서 숨쉬는

애기똥풀도

제2부
호근북로길

자세히 보면

자세히 보면
코끼리 코엔 궁궐이 붙어 있고
모기 한 마리가 붙어 있고
나뭇잎 한 장이 붙어 있다

먼 밤하늘을 쳐다보니
織女星 진분홍 볼기짝과 맞물려 있는
내 마음

아으 달코롬한 얼룩

다시 먼 밤하늘을 쳐다보니
織女星 진분홍 볼기짝과 맞물려 있는
당신의 마음

단 한 점의 얼룩

호흡

이 시인 낮과 밤의 순환을 따르시게 이것이 호흡
의 이치일세 한 번 공기를 들이마시고 한 번 공기를
내버리고 이게 호흡법이네 바닷물이 한 번 들어오고
한 번 빠져 나가고 이게 조석간만일세 사람도 숨을
쉬고 지구도 숨을 쉬네 주역에서는 이것을 수화기제
화수미제라고 부르네 즉 한 번 채우고 한 번 비우는
이치일세 우주도 그렇게 숨 쉬고 돌멩이도 그렇게 숨
쉬고 사람도 그렇게 숨 쉬고 있네 이것이 여여라는
진리일세 여여,

어느 날

난 눈구멍이 열렸어도 보질 못하고
귓구멍이 뚫렸어도 듣질 못하는
청맹과니다

박쥐만도 못한 몸이다

그러니 그러하니

병태야 날 찾지 말아라

장고항에 가서

난 해처럼 달처럼 공중에 매달려 있다

난 간재미처럼 바다 밑구멍에 코를 붙이고 살다가
물거품처럼 살다가 낚시코에 걸려 물 밖으로 딸려
나왔다
고지대를 갈망하던 내 꿈이 얼마나 큰 착각이었는
지
분명해졌다 그동안은 낮은 단계 내 자유를 가로질
러
가슴 속에도 발밑에도 공중이 서있었던바

내 자신으로부터 돌아선 나를 꾸짖지 말아다오
푸른 공기여 정확한 시간에 맞추어 조언해다오
저분들에게 내가 후하게 대접해줄 것은 지혜가 아
닌바
양파 고춧가루 다진 마늘을 넣고 끓인 간재미탕인
바

붉은 입술 무지개 건너편에 걸린 내 마음 한 가닥
인바
내 마음 한 가닥을 들고 온 당신의 손길인바

참조해다오 장고항 간재미여
당신의 오른편에 서있는 허공이여
내가 죽어 다시 탄생하는 허공의 씨앗이여

안개

내가 걷는 자갈밭
부수수한 안개가 십 리쯤 벋어 있다

시를 쓰는 일만 해도 그렇다

여전히 부수수한 안개,

니체의 결연과는 달리
니체의 초연과는 달리

어디선가 내 이름을 바삐 불러댔다

난,
못들은 척
못들은 척

개나리꽃이 픽 웃는다

한참 뒤에는
개나리꽃이 눈물을 흘리는지

호근북로길

복실이는

내 손길이 닿자마자 눈을 감고 혀를 빼물며 방그
레 웃고 있었다

바로 이 모양이 천지현황이시다

제주도 서귀포시 호근북로길에 와서

나는,

하늘 한복판이 그제야 만족해하시는 표정을 보았
다

*복실이: 호근북로길에서 만난 하얀 늙은 개

바람

－木神에게

바람은 나뭇가지위에서 산다

내 영혼의 끝 나뭇가지위에서 산다

바람은 나무를 삭히고 자기 자신을 삭혀버린다

나무는 그래서 보드랍게 흔들렸던 거다

나무를 보는 동안,

나는 내 자신으로 돌아왔다

내 자신으로 돌아온 뒤

나는 비로소 내 자신을 뛰어 넘었다

바람이 사그라진 까닭,

내 눈썹을 찾지 말아라

나는,

나는,

내 나이답지 않게 구름 위에 붕 떠있는 것 같다

꽃을 바라보면서도 난 붕 떠있는 것 같다

돌멩이를 바라보면서도 난 붕 떠있는 것 같다

강물 곁에서도 난 붕 떠있는 것 같다

허나 괜찮았다,

褥

까슬까슬한 褥에 맨살을 대고 비벼대면

까슬까슬한 촉감이 따라와 기분이 좋다

내 사랑아

당신의 귓불에 입술을 대고 불러주면

네애,

결심

난 북극성으로 간다

손가락 두 매듭이 아리아리하지만

그냥 두어야겠다

손가락이 아린 이상

아린 이상

세상은 더 큰

손가락 사이,

장자를 쓰다가

장자에 관한 글을 썼다
맨드라미는 사라졌다 내 마음은 사라졌다 이런 말
제 자리에 앉아서 다 잊어버린다는 坐忘이라는 말
따위
하늘 구름을 덮을만한 그 犛牛도*
새앙쥐 한 마리를 잡지 못한다는 대목을 쓰는 순간
번쩍,
지금까지 써내려온 평설이 다 날아갔다

팽,
이때야말로 난 기원전 3세기 장자의 턱을 만지는
기분에 휩싸였다
장자의 발가락을 만지는 기분에 휩싸였다

다 지워버린 다음

*이우犛牛: 소

달빛

象은 괜찮다
사슴뿔을 닮은 홍색 조류

용처도 괜찮다
동치미를 담글 때 고명으로 찔러 넣은
그 홍색 조류

동치미를 담그는 날
청각을 빠뜨렸다

하루 이틀
그 뒤
난 아내에게 말했다

동치미에 청각 대신 폭넓은 달빛을 넣으세요

냉이꽃 집합

하나님도 아프시단다

요까짓 우리들 작은 얼굴 입마개를 떼어내면 하나
님의 옹두리뼈가 보일 걸요

休暇, 목성

휴가를 좀 주세요

응 알았어

그간 난 목성을 한 바퀴 돌아올게요

응 알았어

지구의 밀도보다도 목성의 밀도가 훨씬 보들보들
하대요

응 그래

여기서는 神明과 사귀는 일이 너무 隔阻해서요

응 그래

清凉山

청량산 절벽은 제 몸을 다 내놓고 있었다
청량산에 와서
난 숨을 다시 쉬었다
숨을 몰아낸 다음 숨을 다시 쉬었다
청량산 절벽은 아무 말도 안했지만
난 청량산 절벽의 말귀를 알아들었다
숨을 몰아낸 다음 숨을 다시 쉬었다

먼저 준 다음 나중에 받았다

昨今

문경 도요에 가서 부처를 만든다는 것이

쇠죽바가지를 들고 왔다

저쪽엔 절룩거리는 염소새끼

이쪽엔 무지개 걸상

쾌혜,

昨今 나를 받쳐주는 빼뚜름한 걸상

너는 참나무

참나무야 갈참나무야

이 세상 靈物 가운데 네가 으뜸이구나

고생이 막중함에도 말하지 않고

나이 들어 네 손등 꺼죽만 쭈글쭈글한 거

天下

길바닥에서 엄지발가락으로 튀어 오른 잔 돌멩이
가 날 살려냈다 먼발치 홀로 서있던 플라타너스 큰
손바닥이 날 살려냈다 선들바람이 날 살려냈다 119
구급차 김상조군이 날 살려냈다 최길모군이 날 살려
냈다 구급차 안에서 수액을 꽂아준 박호빈군이 날 살
려냈다 D대학병원 응급실 메르스 검열팀이 날 살려
냈다 어어 오른쪽 쇄골부위에 C라인을 삽입한 닥터
김이 날 살려냈다 눈이 슬픈 닥터 김동민군이 날 살
려냈다 陰壓室 간호사 김한다한양이 날 살려냈다 격
리병동 호흡기내과 지영구박사가 날 살려냈다 류마
티스내과 강미일교수가 날 살려냈다 화장실 청소용
원 국화꽃할멈이 날 살려냈다 공원 한복판 落羽松 아
래 소크라테스처럼 무르팍을 꼿꼿이 세운 화강암이
날 살려냈다 여보 난 내가 잘나서 지금 살고 있는 게
아니야 날 살려주신 저분들이 계셨어 하 저분들이 天
下이시니

제3부
조금 가벼이

煤煙

날마다 매연이니

天使들도 날갯죽지를 떼고 다닐 것이다

매연으로 因해

난 당신을 붙잡지 못했다

헌강왕代 級干 處容이처럼,

萬事 덩실덩실 춤을 출 일이건만

음악

나는 라흐마니노프를 들었다

시간은 빈 몸으로 지나가지 않았다

그렇거니와,

그렇지 않으면 모조리 허공인 것

내 몸이 남쪽에 있더라도

혹은 내 몸이 중앙에 있더라도

휘늘어진 능수버들,

麻谷寺

내가 오늘 눈 떴다
천지 가득 어금니 사이
콩나물가닥

검을현 누를황
麻谷寺라,

내가 오늘 눈 떴다
내 눈썹 兩眉間
마포 江邊,

아으 무분별이라

봄날에

어린 봄날,
아지랑이 피어오른 내 눈가에
벌레 한 분이 앉아있네

하늘에는 물병자리,

자세히 보면 龜甲
오늘은 길일이다

어이 하리
꽃다지 한 분

잠시 후엔
난 내 자신을 잊게 될 것이네

꽃다지 한 분

痛症

　하나님은 痛症을 호소했다 肋骨에 창을 맞은 상처
에서 피고름이 흘러나왔다 발등과 손등에 박힌 못 자
국에서도 피고름이 솟구쳤다 머리맡에 마약진통제를
놓아둔 채 하나님은 잠이 들었다 아파서 또 아파서
잠이 드신 모양이다 痛症을 깨물고 있던 하나님은 魔
에게 영혼을 떠넘기지 않고 하루 네 번 다섯 번 신음
소리를 냈다가 꼬르륵 꼬르륵 잠이 들었다 2천년을
그렇게 견뎌냈다 헤이 열일곱 살 몽골 보이야

밤 1시 15분

밤 1시 15분엔 아무 일도 일어나지 않았다
시간은 아무 말도 하지 않았다

오늘 하루 神을 더럽히지 않았으니
내 마음은 편안하다

빗방울이 창문을 뚜드렸다
창문을 열어줄까
난 물방울을 모르니 가만히 있어야겠다

물방울은 물방울의 안부도 묻지 않았다

여러분 부디 눈감아다오
오늘 밤 내가
저 하늘 물병자리 다른 침상의 別席에 누워있더라
도

조금 가벼이

솔잎이 큰 바위 얼굴의 査頓인 것을 보면
칸나의 뺨이 칸나의 뺨과 겹치고 또 겹친 것을 보면
내 마음은,
어느새 樂弓처럼 구부러져
조금 가벼이 물질화 되었네요

이젠 알만한 걸요
이만한 결핍,
뒷걸음질쳐봐야 당신의 코앞인 걸요

솔잎을 보더라도
칸나를 보더라도
이젠,
내 슬픔을 내놓고 흔들지 않을래요

저기 강물을 쳐다보는 조약돌 좀 보세요

풍뎅이

풍뎅이 턱
풍뎅이 발가락
풍뎅이 날갯죽지

풍뎅이는 날아갔다

턱을 돌리고
발가락을 오므리고
날갯죽지를 풀풀거리며

풍뎅이는 날아갔다

주고난 뒤
다 주고난 뒤

당신이 가서 머무른 곳 신성한 데살로니카,

木浦

흙을 밟았지만
흙이 아니다

백합꽃을 보았다
백합꽃이 아니다

백암산 늙은 바위를 바라보며
내 무르팍에 걸린 風鳶줄을 끊어 놓았다

내 몸에 붙은 달빛

木浦는 저쪽에 있지만
난,
世界를 다시 만들 수 있다

나무 家의 예법에 대한 이해

나무를 보면
난,
즉시 엄숙해진다

나무는 天祭를 올리는 중이다

天祭를 올릴 때는
땅바닥을 슬쩍 쓸기만 하면 된다

거친 땅위에서 제사를 올리기 때문이다*

나무가 나무그늘에게 몸을 맡겼으니

당신과 나는
이렇게
땅바닥에 그늘 반 발짝만 남기면 된다

*제천소지이제언 어기질이이의 祭天掃地而祭焉 於其質而
已矣 (『예기』「교특생郊特牲」).

이백에게
—술잔을 비우며*

술 끊은 지 9년
하루는 이백이 와서 날 불러댔다
빠끔히 문틈으로 내다보며 대답했다

지금까지 9년이건만
내 몸은 술잔인 듯 술잔이 아닌 듯

문밖에 서있는 이백 선생도
가만히 보니
술잔인 듯
술잔이 아닌 듯

*빈 술잔에 술을 따르니, 술은 이윽고 시가 되었다. 술이
치언巵言이었던 것이다.

치언이란, 스스로 공허하니 사물의 등줄기로 흘러내려 또
흘러내려 자연과 더불어 화합하게 된다는 화술(치언 일출
화이천예 巵言 日出和以天倪, 『장자莊子』, 「우언寓言」).

시간

누가 밖에서 나를 노크했다

난 대답하지 않았다

난,

기다릴 줄 알았던 거다

매미를 째려보던 당랑처럼,

당랑을 째려보던 까치처럼,

*매미를 째려보는 당랑, 그 당랑을 째려보는 까치, 뒤에서
그 까치를 째려보는 활을 쥔 장자(『장자莊子』, 「산목山木」
편).

看月庵*

살이 붙게 되면 天命이 사라진다

사람이든 괭이갈매기든 살이 붙게 되면
하늘을 내동댕이친 후 물결 위에 앉아 디룽거릴 뿐

간월암 괭이갈매기는 큰 거위만 했다

내가 간월암에 간 것은
간월암 괭이갈매기를 쏙 빼닮은 까닭이다

하릴없이 난,
간월암 물결 위에 앉아 디룽거릴 뿐

*서산시 부석면 간월도리에 있는 작은 암자

76

沐浴

문을 탕 닫지 말아라

문은 향락의 掩蔽物일 뿐
문을 탕 닫지 말아라

아무데나 똥을 싸고 날아가는 지빠귀를 보고
난,
지빠귀가 지독히 오염된 놈이라는 것을 알았다

그날
날이 저물 무렵
난 목욕 수건을 들고 도고온천으로 달려갔다

물방울의 의지로 내 몸에 묻은 똥물을 씻어내려고,

평면, 혹은 益山

난 세상이 서있는 곳을 안다

삽교에서 기차를 타고 가다가보면 장항이다
장항에서 기차를 타고 또 가다가보면 군산이다
군산에서 기차를 타고 다시 또 가다가보면 익산이
다

익산에는 평민들이 모여 다함께 살아간다는 소릴
들었다

비행기를 타고 성산포에 가면,
거기서도 평민들이 모여 다함께 살아간다는 소릴
들었다

새와 나무와 바람과 하늘의 발판도 평면에 있으니
까

색동 상자

인사동에 가서 색동 상자를 사왔다

상자를 열면 상자 하나가 나왔다
상자 하나를 또 열면 작은 상자가 나왔다
작은 상자 하나를 또 열면 더 작은 상자가 나왔다
더 작은 상자 하나를 또 열면 아주 작은 상자가 나
왔다

러시아 인형과도 같은 색동 상자

하늘이여
허나, 당신의 몸은 한결같으니

내 마음을 열지 마세요
내 마음을 열지 마세요

당신의 몸은 한결같으니

이젠 내 마음을 열지 마세요

267行의 行次 혹은 濁流 *

　오로지 환하다 환하다 했지만 환하지 않았다 맑지 않았다 누가 누구의 갑이라 글쎄 누가 누구의 을이라 글쎄, 난 눈을 감고 잠을 청했다 사르르 잠결 속으로 파묻히는 순간 진분홍 저고리를 입은 아낙이 나타났다 이 아낙이 바로 메르스 1차 감염자였던 것이다 바야흐로 1차 順番이 개시되었다 失樂園 문짝이 그렇게 삐끔 열리게 되었다 1차는 2차의 隨行으로 건너갔다 이에 3차가 그의 손을 넘겨받았다 4차가 그의 손을 넘겨받았다 5차가 그의 손을 넘겨받았다 1元이 2元이 되고 2元이 3元이 되고 3元이 4元이 되고 4元이 5元이 되었다 橫行 2 6 7 行의 문턱을 넘을 때 바로 그때 인체는 모조리 감염되었다 인류의 惡夢이 깊어진 것이다 刹那 체코 프라하의 카프카 그 논객이 말했다 내가 뭐라고 했지 우린 벌레라고, 메르스 벌레라고(내 생각엔 진드기라고 말하고 싶었지만 혹은 미꾸라지 범죄라고 말하고 싶었지만) 그렇다면 우린 모두 267行의 行次 앞에 모인 집합이라고, 濁

流라고

* 1차를 8년으로 보면 267차는 2136년이 된다. 역사가 기
울어졌다는 뜻이다. 왜 267차인가. 나도 모른다. 그런데
오늘은 2015년이다.
그렇게 시간은 흘러흘러간다. 인간은 시간의 타락을 모른
다.

제4부
요원 "a"의 푸른 물결

뽕나무

뽕나무는 뽕나무 잎을 잃어버렸다

천지의 간격으로 볼 때
난 내 위치에서 멀리 벗어난 것 같다

아내의 눈치를 살피게 되었고
땅바닥에 떨어진 도토리 눈치를 살피게 되었다

어디서 귀신이 웃는 모양이다
어디서 개망초가 웃는 모양이다

그렇더라도,
난 빨간 티셔츠를 사서 입어볼까 한다

아무도 날 알아볼 수 없게끔
도토리가 날 알아볼 수 없게끔

콩

콩만한 세상

난,

콩만해졌다

완만한 傾斜처럼,

그래서 슬픈 거야 그래서 행복한 거야

상대성 – 아인슈타인에게

소나무가 꾸부러진 건 내 사랑 때문이다

어질병 내 사랑이 소나무를 꾸부려놓았던 거다

컥,

내가 컥 하고 목구멍을 열면 소나무도 컥 하고 목
구멍을 열었다

세상엔 빈 공간이 없다는 거다

뻐꾸기

짧은 순간,

난 맨드라미 붉은 목덜미라는 것이 분명해졌다

먼 산 뻐꾸기 왈

너는,

네 얼굴을 네 얼굴의 융단으로 깔아뭉개지 말라

뻐꾸기 왈

맨드라미를 쳐다볼 땐 난 맨드라미 붉은 목덜미란다

뻐꾹,

쓸쓸한 마음

니체에 따르면
양심의 가책은 본능이었다

정치를 한다는 그자들의 거짓말이
내 心包에까지 파고들어왔다

불쾌하다가도 진저리치다가도
난,
날다람쥐 꼬리 같은 것을 붙들고 성거산으로 갔다

핵심을 놓아둔 채
난,
소나무껍질을 만지작거리며 소나무흉내만 냈다

하이델베르크에 갔을 때
그때도
난,

쓸쓸한 마음을 발라내지 않았다

쑥

쑥은 너무 독했다

난 고장난 시계를 차고 다닌다
초침이 빠지고 분침이 빠지고 시침이 빠져버렸으니
비로소 쑥물은 맹물이 되었다

고맙다 내 마음이 이만큼 부서진 것

거미

내 눈곱을 떼고 보니

거미가 지나간 자리에 거미가 없다

요원 "a"의 푸른 물결

나는 장흥 삭금에 가서 삭금 앞바다를 보았다
삭금 앞바다 푸른 물결과 기린 똥구멍을 보았다
살아서도 삭금이요 죽어서도 삭금인 푸른 물결을
보았다
천지신명의 휘파람소리를 들었다

장흥 經由 삭금,

장흥 經由 삭금이로다
기린이로다
삭금 바다 푸른 물결이로다
삭금 바다 곤쟁이젓갈이로다 鯤이로다

기원전 49년
가이우스 율리우스가 들고 온 방망이에 난 뒤통수
를 맞은 듯했다
이탈리아의 작은 강 루비콘을 건너온 율리우스 카

이사르*

　어느덧 난 천하무적의 신령으로 군림하게 되었다

　삭금 바다를 보면,

微生高

식초가 없으면 없다고 할 것이지
옆집으로 쪼르르 달려가 꾸어다까지 줄 게 무에
있나
공자는 미생고의 그 소행을 나무랬다*

쪼르르
난 내 아내의 유택으로 달려가지 않았다
설거지를 하다가 무채칼에 가운데손가락을 조금
베었다

퇴계 선생의 말마따나 텅 비었지만 가득 차있는 걸
虛而實인 걸
그런 걸

그런,

*『논어論語』, 「공야장公冶長」

내장산 여주茶

하늘과 내 몸뚱어리 사이 아무런 연관도 없다는
것이
순자의 생각이었다

이불속으로 파고들어가 생각할 것도 없이
하늘과 내 몸뚱어리 사이
강철 같은 연관이 있다는 것이 공자의 생각이었다

오늘,

내장산 7부 능선에 올라와보니
순자네 공자네 문지방들은 다 사라지고
내 목구멍으로 여주茶 물 한 모금만 꼴깍 넘어갈
뿐이다

따지고 보면 내장산 농부의 손길도 있었지만,

하늘이 여주를 키워준 건 사실이다

나도 모르게

난 하늘 가까이 닿아 있었던 것이다

내장산 7부 능선에 올라와 먼 산 또 먼 산을 바라
다보니

乾鳳寺에 가서

나는
건봉사에 가서 건봉사의 본질을 보았다

바람이 불고
나뭇잎이 내려앉고
소나무 한 그루가 삐뚜름히 서있는 곳

가다가보면
지팡이를 짚고 가다가보면

저쪽에서
잠깐
아미타의 손목을 잡아볼 수 있을라나

우두커니 내 곁에 서있는 無,

外部

돌멩이는 고매한 정신이었다

고매한 정신은 움직이지 않았다

하나님은 움직이지 않았다

하나님은 하나님을 배우지 않았다

윽,

돌멩이는 어디 있는가

이 자잘한 돌멩이들,

다알리아

전생으로 말할 것 같으면,

전생은 전의역과 흡사하고
전의역 대합실 앞 꽃망울 다알리아와 흡사하다

다알리아는 다알리아의 어미도 아니었고
다알리아는 다알리아의 자식도 아니었다

다만
전의역 대합실 꽃망울 앞에 납작 엎드린 미풍일
따름

다알리아여
진실로 날 지지해주지 않으니 너는, 옳다

그러므로 언제든 내가 옳다고 하는 要約을 멀리할
지어다

제부도

제부도는 제부도 건너편에 있다
연산 대추는 연산 대추나무 건너편에 있다

쇠가마우지는 바닷가 차돌바위 절벽을 떠돌아다녔다
슬슬,
쇠가마우지 친구 저녁 안개는 바닷가 차돌바위 近
洞을 떠돌아다녔다
그러니 제부도는 제부도에게 응답하지 않았다
그러니 연산 대추는 연산 대추에게 응답하지 않았다

이런 이야기를 하면 당연히 화를 내겠지만
난 누구의 가슴을 밟아본 적이 없다

어느덧 늙어 지팡이를 짚고 있지만

내 생애 절반은 단순한 착각,

땅을 밟을 때는

땅을 밟을 때 난 땅을 밟지 않는다
땅의 속살을 밟고 다닌다
밟으면 붕 뜨는 허공을 밟는다

하늘은 자기 견해를 말하지 않았다
난 내 견해를 말하지 않았다
한두 번 말해보더라도 헐렁한 것
생각의 확실성마저도 헐렁한 것

저것 보게
구름 문턱을 건너온 홀아비 찌르레기가
밀감색 발모가지를 흔들며 찌르 찌르르 울며나네

딱 한 번

하나님은 평생 높은 곳에는 올라가신 적이 없다
딱 한 번 십자가 위에

풀벌레 소리

수숫대모가지는 길쭉했다

공자처럼,
요와 문왕은 키가 커다랬고
순과 주공은 키가 짤달막했다는 거다

키에 관한 소견 한 마디면 족했다

달리 묻지 말아라

백 리 백 리 풀벌레 소리가 환하므로

시론

보이는 것과 보이지 않는 것
−필자의 시집 『냉이꽃 집합』을 펴내며

안 수 환

1

산과 바다는 잘 보이지만, 바람과 사랑은 잘 보이
지 않는다. 가까이 있는 것은 잘 보이지만, 멀리 있
는 것은 잘 보이지 않는다. 명청한 것은 잘 보이지만
[즉, 외계外界], 분명한 것은 잘 보이지 않는다 [즉, 내
의內意]. 후설의 현상학에서는 초월론적인 경험의 체
계가 중요했지만 (후설 E.Husserl 1859년~1938년 『내
적 시간의식의 현상학』), 심신이원론을 펼친 데카르
트는 인간의 이성적 사유를 더 중요시했다(데카르
트 R.Descartes 1596년~1650년 『방법적 서설』). 말
하자면, 그가 추구하는 사유의 규범 속에는 벌써 인
간의 본성에 깃든 신神의 상징이 겹쳐 있었던 것이
다. 유신론자였던 칸트는 인간의 도덕성을 설파했지
만(I.Kant 1724년~1804년 『실천이성비판』), 무신론
자였던 니체는 무시간적인 영원회귀의 반작용을 천
명했다(F.Nietzsche 1844년~1900년 『차라투스트라

는 이렇게 말했다』). 이들의 생각은, 결국은 눈에 보이는 것 [즉, 유有]과 눈에 보이지 않는 것 [즉, 무無]을 따로 나눠볼 것이 아니라 비대칭의 이종異種으로 함께 바라다보라는 것이었다. 객관[즉, 자연]이라는 것들도 따지고 보면, 이른바 초월론적 인지의 전화轉化였던 것이다. 이점은, 동양의 사유형식이라고 해서 다를 리 없다. (요컨대) 아닌 것을, 아닌 것도 아니라는 이중부정의 회로로 건너가게 되면, 마침내 '유상有相·무상無相'과 '비유상非有想·비무상非無想'의 회통會通 속으로 진입하게 된다는 것이었다 (『금강경金剛經』 「대승정종분大乘正宗分」). 이같은 인식의 변항變項이 있는 이상, 이 세상에는 아무것도 집착할 것이 없다는 초월론적 감성[즉, 궁극]이 다시 힘을 얻게 된다 (「냉이꽃 집합」).

2

니체의 영원회귀란, 지금 이 순간의 권태와 무의미를 스스로 이겨내려는 각성이었다. 시간의 변칙을 이겨내려는 결의였다. 그러므로 그의 시간은 순간이 아닌 고유한 본질변환으로서의 동력 [즉, 나는 내 자신을 다시 살려내지 않으면 안 될 몸이다]을 내 몸속에 붙인 실행자 [즉, 초인超人]라야 했다. 존재는, 무변의 그림자가 아닌 아무 때나 어디서든지 쉽게 드러나는 명증함이었다. 그의 존재론은 영원회귀의 개시를 따라 그렇게 움직이고 있었던 것. (나는 지금 존재의 개시를 말하고 있지만) 니체는 시간의 지평만을 바라보고 있었던 것. 강줄기는 같은 시간에 동일한 강물을 실어 나르지 않는다. 존재에 관한 명상은, 물론 존재개념의 염색을 씻어낼 때라야 실유實有를 만나게 된다. 한편, 동양의 시간은 어떻게 움직이고 있었던가. 이들 시간은, 주관성을 벗어난 뒤 물방울과도 같은 원융의 질서를 따라가고 있었던 것. 물방울은, 시간의 아들이면서 공간의 아들이었다 [즉, 우주 영영盈盈의 틀]. 시간과 공간은, 물론 한꺼번에 제 몸을 보여주지는 않는다. 유有와 무無의 존재형식[즉, 본질의 환원]은 본래 그랬다(「안개」「음악」). 간단히 말해보자. 나는, 내 마음을 얼마만큼 검증할 수 있겠는가. 니체를 다시 한번 쳐다보자. 그의 세계이해 앞으로 다가온 영원회귀는 가장 명확한 존재의 복귀復歸였던 것. 시인일진대 그렇다면 우리는 오늘 어떤 초자연의 실재성에게 눈길은 맞추며 다가가야 하겠는가.

3

세계는 어떻게 존재하는가. 세계는 사물들 곁에 있는가. 아니면 세계는 사물의 배경[즉, 공허]위에 있는가, 그것도 아니라면, 세계는 사물들 건너편 여러 우주의 복선 뒤쪽에 붙어있는가. 시인은, 감상이 아닌 이상 존재의 후면으로는 멀찍이 돌아가지 않는다. 그러면서도 그는, 이 세상에는 없는 어떤 극지極地의 속사정을 거듭거듭 캐묻는다. 물론, 대상의 온전함 때문에 세계가 존재하는 것은 아니다 (마르쿠스 가브리엘 M.Gabriel 1980년~현재. 『왜 세계는 존재하지 않는가』). 진실한 시인이라고 한다면, 그는 여전히 관념[혹은, 환상]이 아닌 사물의 탈脫주관성에게 눈길을 준다. 왜냐하면, 사물은 본디 의미소素의 결말이 아닌 또 다른 징후[즉, 관점은 단 하나의 측면에 걸린 의미망網이 아니다]의 후열에 붙어있기 때문이다. 사물은, 사물이더라도 거기 홀몸으로 놓여있는 것이 아니다. 세계의 전면이든 작은 사물들의 내면이든 그곳에는 항상 한결같은 존재항項의 복비複比들이 줄을 대놓고 서 있었던 것. 따지고 보면, 인생길 어떤 만연漫然 속에서도 저와 같은 복선의 체액들이 흘러다니고 있지 않았던가. 시인의 의식은, 이때까지만 해도 자의적이면서도 타의적인 해석들과 한가롭게 호흡을 맞대고 있었던 것(「황홀」「상대성—이인슈타인에게」). 시는, 그러므로 지금부터라도 신神[혹은, 우주]의 조형에 대하여 새롭게 눈을 뜨지 않으면 안 되리라. 그런 다음에, 시인에게는 사물을 가볍게 건너다보는 목례 한 번이면 족할는지 모른다. 나는 다음과 같은 시 「냉이꽃 집합」을 이렇게 썼다;

　　하나님도 아프시단다

　　요까짓 우리들 작은 얼굴 입마개를 떼어내면
　　하나님의 옹두리뼈가 보일 걸요

　"냉이꽃"을 보는 동안, 나는 먼 우주를 건너다볼 생각은 조금도 하지 못했다. "냉이꽃"이 사라진 뒤, 무슨 영문인지는 몰라도 천지현황天地玄黃의 넓디넓은 광시곡狂詩曲이 우르르 내게로 몰려오는 듯한 진동을 느꼈다. 순간, 바람결에 흩어지는 내 마음을 탓

할 수는 없었다. 그같은 정밀靜謐이 다시 밀려온다면 나는, "냉이꽃" 앞에서 어떤 얼굴을 또 만나게 될까.

4

좋은 시인이라면, 그는 제 자신 생각의 오류를 통해 더욱 깊이 사물과 만난다. 이때 그의 생각 안에 들어온 사물은 단순한 것이었지만, 그것들은 그동안 한 번도 경험해보지 못한 또 다른 의식의 변형이라는 점에서 여러 겹 복합과도 한데 어우러진 빈 몸들이었다. 그러면서도 그것들은 누구나 다 볼 수 있는 인생의 묘미[즉, 침묵]와 함께 톱니처럼 가지런히 깜박이고 있던 것. 그것은, 수많은 명제들을 품고 있는 자연수 '1'이었다. '하나'라는 절대경絕對境은, 내 마음 속에 들어있는 운치와 더불어 무한 공간속에서 꿈틀거리는 의미소素를 함께 아우른다[그렇더라도, 그 '하나'를 전체의 총합으로 규정해서는 안 된다]. 나는, 어째서 내 자신의 관심사로부터 이토록 멀리 떨어져 나왔단 말인가. 시인이란, 말 그대로 존재소素 앞으로 달려가는 사람이다. 지금 내가 바라다보는 천연은, 먼 우주의 성단 사이에 낀 시간의 결핍이 아니었던가(「休暇, 목성」「餘暇」). 그것은, 물안개의 여위餘威와도 같이 흔들리던 시간이 아니었던가. 시간의 골격[즉, 사물]만 놓고 본다면, 시인의 사물들이란 마약만큼이나 위험한 유인책이 아닌지 모르겠다. 시인은 이제 무엇을 또 기다려야 한단 말인가.

5

관망이란, 시인의 본업이 아닐 것이다. 욕망은 내 것이었지만, 시간의 지속은 남의 것이었다. 내가 숨쉬는 공기의 변환에 비한다면, 우주공간의 조형들이란 공연한 엽기獵奇의 존속들로 보일 때가 많다. 우리는(유물론의 시각으로 본다면) 한순간의 광자光子 photon들이 아닌가. 우리는, 그렇지만 아침을 먹고 저녁을 먹고 살아야 한다. 시인은, 요컨대 사물[즉, 대상]을 바라보지 않고서는 시를 쓸 수 없다. 그는, 그러나 사물들의 내선內線에 대해서는 관심을 두지 않는다. 밤하늘의 금성이라든가 덕유산기슭의 떡갈나무는 한낱 애벌갈이 시차時差[즉, 우연]에 불과한 것들이었다. 시인이 사물의 묵언을 듣게 되면, 그는 이때 불시에 나타나는 시간의 뉘앙스 nuance[즉, 인식론적인 당연]와 마주치게 된다. 시인이 시를 쓰게 되는 욕구는 바로 그 뉘앙스와의 만남에 있었던 것. 이때야말로 무無의 가현假現이 뜨겁게 데쳐지는 순간이다. 시인의 통찰이 적막해지지는 순간이다. 이 적막이 시를 쓴다(「결심」). 왜 그런가 하면, 사물의 연장선에서는 늘 무無가 흔들리고 있기 때문이다. 진리가 있다면, 그것은 이 무無의 발현으로 인한 것들일 것이다. 나는 다음과 같은 시 「이와 같은 班列」을 이렇게 썼다;

　　장성 白羊寺에 가면

　　朝堂 성종 때인지 숙종 때인지 그때 심어 논 갈
　　참나무 한 그루가 쓰러져 연못가에 누워 있다
　　　자신의 하복부 膀胱을 몽땅 드러낸 채 누워 있다

　　내 손톱 사이,

　　이와 같은 班列

위 시는, 본인이 장성 백양사白羊寺에 갔을 때 연못

가에 쓰러져 누워있던 갈참나무 한 그루를 보고 쓴 시다. "갈참나무"[즉, 시간]의 삭막함이 그쪽 온 산골짝을 휘감고 있었던 것이다[즉, (성종 때라면) 5백년 간 서있던 나무가 쓰러져 "누워 있었"던 것이다]. 말하자면, 아무것도 아닌 황량한 무無가 또 다른 결루缺漏에 파묻힌 채 뻔뻔하게도 존재의 영락零落을 희롱하고 있었던 것. 존재는, 존재의 충분을 펼쳐 보일 때 바로 그 순간 시인의 마음속으로 파고들어온다[즉, "내 손톱 사이, // 이와 같은 班列"]. 현존재란 무엇인가. 그것은 외부에 나타나는 둔중함이 아니라, 내 생각 속으로 파고드는 포념抱念이다[즉, 아사지我思之. 데카르트]. 이곳 현존재의 노현露現은 무無란 말인가. "갈참나무"의 와변臥邊에 깔려있던 시간을 바라보면서, 나는 무엄하게도 문수보살이 방금 이곳으로 행차했다는 착각에 사로잡혔다. 이때는, 불성佛性조차도 "갈참나무"의 허공 속으로 들어와 그곳에 눈을 맞춰 놓는다.

6

우주정신의 본체는 건곤乾坤[즉, 하늘과 땅]이다. 인간의 마음은 덩달아 일월日月의 진퇴와 음양陰陽의 굴신[즉, 형화작용形化作用]을 본받는다. 시인의 마음은 어디 있는가. 그의 마음은 사물의 체용적體用的 방위[즉, 오행五行의 자율운동]를 따라간다 (『소문素問』 「오운행대론五運行大論」). 만물의 아르케 arche는 물이었다(탈레스 Tharles BC 624년경~BC 547년경). 그의 물은 물질이면서도 정신이었다. 이때, 시인의 정신은 돌연 물방울 한 알갱이의 시점始點을 찾아 우주 공간으로 내닫는다 (「밤 1시 15분」「看月庵」「沐浴」「요원 "a"의 푸른 물결」). 나는 『주역』 중수감重水坎의 괘상卦象을 쳐다보면서, 이렇게 말한 적이 있다; "냇물은 호수와는 다르게 물이 겹치고 겹치면서 흘러간다. 그침이 없이 흐르는 이 물결을 습감習坎이라고 한다. 군자는 이 모양을 보면서 부단히 덕행을 쌓아가면서 남을 가르치는 일에 매진한다(수천지 습감 군자이 상덕행 습교사水洊至 習坎 君子 以 常德行 習教事「괘상卦象」). 냇물은 흐르고 또 흘러가니 살아 있는 물이다. 눈을 뜬 물이다. 한순간도 멈추지 않고 흐르고 또 흘러가는 물결을 보라. 시냇물의 활기찬 속삭임을 들어 보라. 먼 곳 우주의 변형들까지 여기 물가로 내려와 그 시냇물의 속삭임을 듣고 있지 않는가"(필자의 『주역시학』 202쪽). 더 깊이 바라보면, 사물의 유연함이란 무無의 허세를 제압하고도 충분히 남을만했다. 나는 또 다음과 같은 시 「곰소 無下里 길을 걸으며」를 이렇게 썼다;

난 내 몸에 머무를 수가 없었다

곰소 無下里 마늘밭에 떨어진 신들이 가볍게 춤을 추었다

가만히 보니 나를 계면쩍게 바라보는 뽕나무밭 뽕잎들

벌써 몇 번은 죽었을법한 얼굴이다

저희들끼리 굳게 결합한 뽕나무밭 뽕잎들

아흐 곰소 無下里 마늘밭에 떨어진 신들이다

내 몸에 눈을 맞춘 피붙이들이여

아흐 謫所의 밭고랑이여

난 내 몸에 머무를 수가 없었다

　곰소에 가서 내소사來蘇寺로 올라갈 때는, 누구든지 "無下里 길"을 밟고 걷게 된다. "無下里"는 '무無가 내려오는 마을'이라는 뜻이다. "無下里"는, 실은 그곳에 있는 카페의 이름이다. '무無가 내려오는 마을'이라면, 이곳이 바로 "謫所"의 땅이 아니겠는가. "곰소"와 "謫所"를 그리 맞대놓은 내 연상 속에는 애초부터 무無의 정방이 들어와 있었는지도 모른다 (「나는,」「麻谷寺」「乾鳳寺에 가서」). 그럴 것이다. 곰소에 갈 때마다 나는, (이상한 일이지만) "내 몸에 머무를 수 없는" 어떤 기압을 느끼곤 했다. 왜 그럴까. "곰소"에는, "신神들"의 만재滿載가 얼른거리는 기색이 있어서일까. 단순하게 말하자면, 그곳에는 "나를 계면쩍게 바라보는 뽕나무밭 뽕잎들"이 있었기 때문이다. 좀 더 솔직히 말하자면, "無下里 마늘밭에 떨어진 신들이 / 내 몸에 눈을 맞춘" 그 적적함 때문이리라. 적적함의 한계는 어찌나 조용하고 어찌나 깊었던지 "벌써 몇 번은 죽었을법한 얼굴"을 내밀고 있었던 것이다.

그때까지만 해도 내가 바라보는 고요함이란, 보잘것없는 "뽕나무밭 뽕잎들"의 "결합" 이외에 다른 것들이 아니었다. 그랬다. "곰소"는, 한갓진 "신神들"로 가득했다.

7

왜 신神인가. 무無의 무거움 때문인가. 그렇지 않다. 그것은, 그와는 정반대로 이 세상은 너무도 뻔뻔한 적절성에 물들어있다는 느낌 때문이었다. 현실은 무한의 속령인 까닭에 큰일에든 작은 일에든 내 안심을 데리고 가는 시간과 더불어 좀 더 경건해질 필요가 있었다(「바람을 쳐다보며」「나무家의 예법에 대한 이해」「外部」). 그랬다. 우리들 마음이 경건해졌으니, 이제부터는 다함께 안심해도 좋으리라. 그러나이 점은, 아무래도 신神이 인간에게 이용만 당하는 것같은 느낌이 든다. 상황은 좀 더 비극적이어야 했다. 적어도 내 경험으로 보건대, 인류는 아직도 원죄로부터 벗어나지 못한 적지敵地에 떨어져 있는 것 같다(『신약』「로마서」 5:12~19). 무無는 유有 곁에 서있는 무無(퇴계 이황 退溪 李滉 1501년~1570년 『퇴계전서』)가 아니라, 언제부터인가 인류의 발명품으로 생겨난 무無가 되었다. 이는, 무無가 현상학적인 존재의 일환이 되었다는 말이다(하이데거 M.Heidegger 1889년~1976년 『존재와 시간』). 우리는, 그러나 '없는' 것을 곁에 둔 채 도대체 무엇을 말할 수 있겠는가. 무無는, 존재의 대상이 아닌 까닭에 존재하지도 않는 그 무無에 대해서는 어떤 속성도 부여할 수 없다[이는, 신神에 대하여 어떤 속성을 붙인 것과는 또 다른 이야기다(「딱 한 번」「거미」)]. '없다'는 것은, 그것에 대하여 어떤 생각도 할 수 '없다'는 것을 의미한다. 생각해보라. 그러므로, '우주는 존재하지 않는다'는 말은 거짓이 아닌가. 무無를 대상화할 수 없다는 점에서 '무無는, 존재한다'라고 말하는 것 또한 거짓이 아닌가. 언제나 부정적인 명제는 위험하다. 시인은, 또 긍정적인 명제라고 해서 덥석 입에 물어서도 안 된다. 명제는 환상을 불러오지만, 사물은 자기 자신의 뻑뻑한 발등 위에 직설을 불러 앉힌다[세상에는, 상상 속에서나 존재하는 부유물浮游物이 더 많다]. 시인은, 물론 허구 속에 등장하는 세계를 천국으로 바라보기도 하고 지옥으로 바라보기도 한다. 존재는

언제나 비존재의 결실이었다(「봄날에」「풀벌레 소리」). 시인의 욕망은, 어떤 존재의 전모를 벗겨낸 바로 그 자리에다 무無의 궁궐을 짓는다(「땅을 밟을 때는」「鐘路」「자세히 보면」). 비약이 그의 능사였기 때문이다. 나는 다음과 같은 시 「조금 가벼이」를 이렇게 썼다;

    솔잎이 큰 바위 얼굴의 査頓인 것을 보면
    칸나의 뺨이 칸나의 뺨과 겹치고 또 겹친 것을
보면
    내 마음은,
    어느새 樂弓처럼 구부러져
    조금 가벼이 물질화 되었네요

    이젠 알만한 걸요
    이만한 결핍,
    뒷걸음질쳐봐야 당신의 코앞인 걸요

    솔잎을 보더라도
    칸나를 보더라도
    이젠,
    내 슬픔을 내놓고 흔들지 않을래요

    저기 강물을 쳐다보는 조약돌 좀 보세요

나는, 물신 숭배자가 아니다[즉, 사물에게는 초자연적인 영험靈驗을 꿰뚫어보는 눈이 없다]. 그러나 사물에게는, 인간의 정체성을 깨닫게 하는 지극한 동인動因이 묻어있다. 이것이, 인간이 건들거리며 살아가서는 안 될 이유인 것이다. 시인은 영지靈知까지는 아니라고 해도 이따금 자기 자신의 마음을 비워둘 필요가 있다. 빈자리에 슬픔을 잠깐 끼워 넣으면 일단은 만심慢心으로부터 자유로울 수 있기 때문이다[즉, "솔잎을 보더라도 / 칸나를 보더라도 / 이젠, / 내 슬픔을 내놓고 흔들리지 않을래요"]. 만심과 만심滿心[즉, 만족한 마음]은 한 꿰미에 매달린 같음일 뿐이다. 한 마디만 더 덧붙이자면, 분별심에 능한 자는 결코 행복해질 수 없다. 지성은 사람을 행복하게 만들지 않는다. 저것보라. 사물들은 사물들대로 저렇게 요요嫋嫋한 표정을 짓고 있지 않은가[즉, "솔잎이 큰 바위 얼굴의 查頓인 것을 보면 / 칸나의 뺨이 칸나의 뺨과 겹치고 또 겹친 것을 보면 / 내 마음은, / 어느새 樂己처럼 구부러져 / 조금 가벼이 물질화 되었네요"]. 눈앞에 알른대던 "솔잎"이며, "큰 바위 얼굴"이며, "칸나의 뺨"이며, "조약돌"은 그때까지만 해도 그저 그런

난색暖色들이었지만, 어느 순간 내 심중을 뒤흔드는 띠앗으로 바뀌고 있었다[즉, "이젠 알만한 걸요 / 이만한 결핍, / 뒷걸음질쳐봐야 당신의 코앞인 걸요"]. 나는 비로소 내 자신의 반면反面을 주목하게 되었던 것이다.

8

시인일진대, 그러나 그는 신神 앞에서 경건해야 함은 물론 무無 앞에서도 경건해야 한다. 주자(朱子 1130년~1200년. 남송대南宋代)는 이렇게 말했다; "경건이란 항상 (자신의) 마음을 깨어있도록 하는 법도다. 경으로 주력하게 되면, 모든 일을 다 이루어낼 수 있게 된다"(경시상성성법 이경위주즉백사개종차주거 敬是常惺惺法 以敬爲主則百事皆從此做去『심경부주心經附註』). 경건은 내 마음을 지키는 공손함[즉, 경외감]은 물론, 천명天命[즉, 초월적 근원]에 대한 잠심潛心으로서도 반드시 받들어야 할 공리公理였으니까. 그렇잖아도 내 마음은, 때때로 비비새의 오물을 쳐다보다가도 멀고도 먼 천심天心의 침묵을 주시해오지 않았던가. 현실은, 그렇다면 어떠한 일리一理의 세계로 덮혀 있단 말인가. 인간이 인간 이상의 작위作爲를 손에 쥐고 있다는 인식은 위험한 발상일는지 모른다. 그것은 현실을 현실 이상으로 파악하는 몰염치를 낳는다. 나는, 내 몸의 주인이 아니다. 내가 바라보는 세상은 결코 내 손에 쥘 수 있는 대상이 아니다. 그런 점에서 본다면, 시는 시인의 사유를 통해 씌어진다는 판단이 옳지 않을 수도 있다. 현실은, 우리가 인식하는 인생 경험의 선이해先理解에 해당하는 방식일 뿐이다. 이곳에서는 어떤 당연도 슬그머니 은폐되는 법이 없다. 시는, 현실의 소이연所以然을 그냥 그대로 바라보는 반성적 화법 곁에 머물러주면 된다. 사물의 침묵은, 그 소이연의 연관 속에서 조용히 일어나는 음성만을 받는다. 그것이, 성리性理였던 것이다.

9

시인은 누구인가. 그는 눈에 보이는 지평선에게도 이름표를 달아주고, 눈에 잘 띄지 않는 무위無爲에게도 이름표를 달아준다. 시인은, 그러므로 이름을 붙들고 산다. 그는, 자기 자신이 어디 있는지 그리고 무엇 때문에 거기 있는지 그런 것들에 대한 답변에는 관심을 두지 않는다. 그는, 자기 자신이 다만 인간이 되기 위한 실재의 변환에 대하여 그것만을 궁금해 할 따름이다. 그동안 내가 찾아 헤맸던 이름은, 이름의 이름이었다[즉, $(x)^2$]. 내가 찾는 이름은, 결국은 객관의 표준이라야 했다(「호근북로길」「바람－木神에게」). 물론 그 일은 지난한 일이었다. 본성[즉, 이름]이란 항시 일상경험의 관행으로부터 너무 멀리 떨어져 있지 않았던가. 이름이란, 제 자리에 있어도 자나 깨나 끝도 없이 변형되는 물방울의 곡면曲面 위에서 출렁거린다[시인의 유추類推는, 이때 온다]. 그가 쳐다보는 이름은, 사물들처럼 움직이지 않을 때도 여전히 꿈틀거리는 생물이었다. 이름이야말로 시인의 자존심이었던 것이다. 그의 이름은, 달리 말하자면 천도天道의 변화를 따라다니는 예감이었던 것이다. 나는 다음과 같은 시 「봄까치꽃」을 이렇게 썼다;

길바닥에 돋아난
손톱만한 꽃

개불알처럼 생긴
연보라 개불알꽃

부르기가 좀 그러하니
누구는 널 두고 봄까치꽃이라고 했다

그래도 너와 내가 눈 마주쳤으니
오늘은
숨 돌리고 세상 한 바퀴 돌아다녀보자

색은 노랑 분홍 연보라로 흘러간다
가만가만,
슬픔은 그렇게 흘러간다
이 세상에 무슨 이치가 또 있겠느냐

구둣방 노인도 눈물을 삼키며 그렇게 구두를
꿰매고 있단다

사물의 물격物格이 저쪽으로 물러나있는 것은, 사
물의 물리적인 체위 때문이다. 그렇기 때문에 사물은
어떤 잘못도 저지르지 않는다. 그럼에도 불구하고 나
는 "개불알꽃"의 물격을 조롱했다[조롱이 아니다. 물
격은 신격神格으로 통하는 길목이었으니까]. 모름지
기 사물[즉. "손톱만한 꽃"]은, 인간의 편견과는 다르게 제 자신의 유폐幽閉를 우주적 기강[즉, 천심天心]속으로 멀리 펼쳐놓았던 것. 사물은, 요컨대 우주 영역화의 가장 확실한 기반이었던 것이다[즉, "그래도 너와 내가 눈 마주쳤으니 / 오늘은 / 숨 돌리고 세상 한 바퀴 돌아다녀보자 // 색은 노랑 분홍 연보라로 흘러간다 / 가만가만, / 슬픔은 그렇게 흘러간다 / 이 세상에 무슨 이치가 또 있겠느냐"], 보자. 현존재의 척도는 눈물겹게도 "개불알꽃"의 내면內面에 있었던 것이다. 그리고, 현존재의 가장 아름다운 척도는 "개불알꽃"이 끌어안은 "슬픔"에 있었던 것. 뜯어보면 다시 뜯어보면, "개불알꽃"은 영원한 존재의 유보임에 틀림없다. 그것 말고는, "이 세상에 무슨 이치가 또 있겠느냐".

10

시간의 시간은, 옆으로 흘러가지 않고 높이[즉, y축]로 쌓이는 시간[즉, 업業]이다. 시는, 그러나 이 업인業因을 명상으로 뒤집는다. 나는, 앞장에서 사물과 존재의 상관성[즉, 세계의 사물화]에 대해서는 비교

적 상세히 언급해두려고 노력했다. 사물의 평면은 어떻게 움직이는가. 사물을 건너다보는 인식의 발현은 그 사물 곁에 붙어있는 것이 아니다. 사물의 지선至善은 명상의 조칙詔勅을 받아 쥔 다음에 드러난다. 그러나 그 지선은 일종의 충동일 뿐, 우주적 감응으로서의 지극함이 아니다. 사물의 지선조차도 실은 시인의 명상을 통해 얼마든지 다르게 굴절될 수 있기 때문이다(「낭낭」「나뭇잎을 보고」「내 눈동자 近洞」). 영원[즉, 운명]은 존재하지 않는다. 영원한 것이 있다면, 그것은 격물格物 뒤에 숨어있는 일순간의 지지知至에 붙어있을 테니 말이다(『대학』 경經1장). 나는 다음과 같은 시 「운명」을 이렇게 썼다;

장성에 사는 사람들은 장성을 떠나지 않았다

좁은 골목길 옷가게 마네킹처럼 서서

사실이, 그랬다[즉, "장성에 사는 사람들은 장성을 떠나지 않았다"]. 왜냐하면 그들은 순한 사람들이었으며, 자기 자신만으로도 충분히 (그곳에서) 자족할 줄 아는 사람들이었으니까. 장성에 가서 내가 본 시간은 꼭 하나였다. 그 열아홉 순정률純正律.